50 INFIERNOS...

Si la mujer tiene perfume en sus tobillos, ella fue quien te llevo

50 INFIERNOS...
ISBN: 9798856926452
©Marisol Ojeda Rosado 2023
    e-mail: mariojeda787@gmail.com

Primera Edición, diciembre 2023
Ventas: Amazon.com

Editor: Walberto Vázquez Pagán
    e-mail: walbertovazquez@yahoo.com

Foto de portada y contraportada: Omar Ramos Bonilla
    e-mail: ramosbonillaomar@gmail.com

Diagramación: Pamela Cristal Saucedo
    e-mail: hello@pamelacristalmua.com

      Eduardo Andres Montalvo
e-mail:eduardoamontalvo@icloud.com

Dedicatoria

Le pertenece a quien llamaremos Mi Cielo, para mantener su anonimato.

El que después de cinco largos años de sequía, con mucha pausa y cuidado despertó en mí, el deseo de volver a escribir, fue la inspiración para resumir mi gran pasión por la escritura, es quien tengo guardado en nuestro silencio, tal vez, en las palabras que componen este Poemario, y si se va, permanezca en ellas, con grato sabor. Gracias por darme paz, y por tus abrazos de hierro.

Mi Cielo, quien me llevó a un punto de éxtasis mental y existencial.

Pamela y Eduardo gracias por no celar a mamá, por apoyarme en mis locuras. Los amo.

A Walberto Vázquez Pagán

Gracias por ser el arquitecto detrás de las palabras, el editor cuya sabiduría y dedicación han
dado forma y voz a este poemario. Tu visión y tu arte han sido indispensable en este viaje
literario

Con inmensa gratitud,
Marisol

Hablame al oiedo...

Prólogo

El aliento de la poeta, es, sin duda, un fragmento de la poesía, hasta conjugar el dolor, el amor y la esperanza innata, para plasmarlo en 50 INFIERNOS... con la plena certeza, de que en cierta manera esta obra es la semejanza de su vida, y a su vez, una imaginación universal, que busca con los ojos cerrados y el alma abierta salvar a otras, al igual que ella.

Al visualizar esta obra de Marisol Ojeda Rosado, infiero con mucho grado de acierto que el contenido de este poemario le permitirá al lector fusionar su sentir, porque la poeta vive y denuncia, para transformar su sentir poético, como si fuera una predicción.

> No sé
> los dejé de contar
> cuando rompí
> las reglas de mi paraíso
> y magullada de manera mental
> decidí por cobarde no gritar
> aún sin reconocer
> que aquí
> corría una valiente
> > (50 Infiernos...)

50 INFIERNOS..., se puede decir, que es una analogía, es un trozo de vida propia, donde la imagen, visión, la sensualidad, y estilo, reúnen espejos para despertar en sus robustos diálogos, y lo obvio, la sexualidad.

> Esa piel, no sé
> tal vez tan conocida
> o tan nueva
> al menos, para mí lo es

tal vez tan insaciable

o tan mía

aunque sea, por sólo un roce

ese que eriza mi piel

ese que moja mi entrepierna

ese que me lleva

al mismo infierno

y me sube al cielo

cuando me penetra

ese del cual no puedo hablar

y sólo gemir

estremecerme

apretarme los senos

pedir que te vacíes en mi

(En la oscuridad de estas letras)

Es, en lo oscuro de las palabras donde ella saca su luminosidad y hace una extensión a la desnudez del alma, para recrear la sensibilidad que muestra a través de los desvelos que causa su búsqueda con la máxima ilusión de encontrar el amor. La mano poética de Marisol nos muestra un diagrama de la totalidad; lo perdido, lo táctil, lo contemplado, la conjugación de lo terrenal y la divinidad, que se sitúa en su interior.

Imagino un amor

que lo apueste todo por mi

que sus ojos, me hagan ver galaxias

y comprenda que fundirse en mí,

es más importante que tener amores a media

y perciba que el fondo de mi manantial,

es más saciable, que un sin número de orillas de mar

(¿Dónde estás?)

El tránsito que tendrás por el rodaje de las páginas, es el desprendimiento de los moldes y las sentencias sociales, que nadie puede leer como objeto fascinante del deseo o del espíritu que se le atribuye a la poesía en su difusión personal, y defenderse de forma instintiva, pero de una manera transparente, como por ejemplo;

Eres puta
cuando decides ponerte bonita,
después de un atraco a pene armado
pero el, el sí puede correr puteros, y gastar su último dólar, en cada panty
pero yo no, yo soy puta si almuerzo con uno, y ceno con otro
soy puta si enseño algo de mi piel,
o camino, por ciudad alguna de bustier
(Soy Puta)

Hay un cielo nuevo, bajo estos 50 INFIERNOS... Dejo al lector la degustación del viaje en la autoidentificación de los celajes, luz, sombras, soledad, que resonará en las imágenes que puede producir la alquimia lírica que propone Marisol Ojeda Rosado

sé, que sabes que me Pierdo,
en tus besos
Sé, que sabes cómo me disipo,
ante tu proposición
de que entre, y permanezca ahí
mientras todo
convulsiona,
vibra
calla
y cede

para encontrarme de nuevo
(En ti desaparezco)

Walberto Vázquez Pagán
Comunicador - Poeta

Si la mujer mueve tu mano, es porque ella conoce su cuerpo.

Contenido

Musa...

¿Y sí te enamoras de mí?

Soy tu barragana,

la novelesca,

una mujer que puede llevarte a la locura

hacerte el amor mil veces

unas con ropa y otras sin ella

besarte hasta saciarme

marcarte

pero mejor no,

no te enamores de mi

no te imagino

anhelando lo mismo que yo,

un café,

un trago,

un silencio cómodo

un polvo despacio,

otro con uñas y dientes

un andar por el pueblo

mientras robó tus besos,

una puesta de Sol

pegando las piezas rotas

mucho menos, levantándote

de madrugada con tu boca llena de mi

No te enamores de mi

no lo hagas

porque llenaría tu vida de mil colores

soy de las que baila en la lluvia

también bajo las estrellas y la luna

soy una loca que canta y llora

Marisol Ojeda Rosado

No te enamores de mi
porque te desnudaría
con mis carcajadas
esa magia sin remedio
que es veneno sin antídoto

¡Pero si te enamoras de mí!
y confundes mis grietas
por ventanas,
mis ojos por espejos
y te ves
te amaría toda una vida
te guardaría día tras día
aunque sea, en secreto.

... Sin título

El pudor no está
ni en él, ni en mí
simplemente me desnuda
lo miro sin perder un detalle
su mirada baja a mi pecho
su lengua fría
hace que mi piel se caliente

No existe entre nosotros el recato
somos dos descarados
buscando como escaparnos
al éxtasis
que libere
todo lo reservado

Su boca responde a mis movimientos,
sus manos
corren al ritmo de mis caderas
un dedo
encuentra la vereda
que lo lleva a saborear, mi constante fluido

Soy la que el transforma
cuando menciona mi nombre
¡soy!
soy la que va robando su aliento
soy la gamberra que le da vida y le da muerte
somos el desespero y la calma

Marisol Ojeda Rosado

50 Infiernos...

No sé
los dejé de contar
cuando rompí
las reglas de mi paraíso
y magullada de manera mental
decidí por cobarde no gritar
aún sin reconocer
que aquí
corría una valiente

Reconozco en ellos
que el vapor de mis ojos
se embriagaba con sus cuerpos
a sabiendas
de que podía morir
en el frío de sus manos
por el fingir de mis besos

Desfallecí en ocasiones
ante el calor de mi triste alma
que marchaba
al desnudo
sin juegos
con la excusa de que corría
vacía de pasados
en busca
de amar a alguien
que amara como yo
pero sólo eran
vanos pensamientos

en la ofuscación

del gemir

aunque fuera sin deseos

¿Cuántas veces, pudieron romperme?

Sí, lo se

las veces que me quede

sola, con tantos

sola, con todos

en lo que parecía en ocasiones

eternos momentos

pero llega una calma

entre la niebla

que causó la oscuridad

de tantos infiernos

Aparece un cielo

me pinta todo de azul,

con tan sólo un abrazo

devuelve mi ritmo cardiaco

Con su manera distinta de querer,

me hace sentir tan libre

así, como la

bendita luz

al final del camino

Ahora sé

que vivo con un infierno menos

vuelo

Marisol Ojeda Rosado

Ahora, sólo quiero llegar

Cierro los ojos
para escuchar los susurros,
y sentir bajo el manto de estrellas,
tus besos en mi cuello,

Te deslizas hacia la espalda,
promesas de éxtasis
vas trazando con tus dedos
y yo, mojada en el deseo,
pasiones que no se calman,
con el sol a la espera
pero la noche no se acaba

Lames mis secretos,
recorriendo sin premura,
cada rincón,
cada curva, en esta aventura
arropados en caricias,
envueltos en un universo complejo
de muslos entrelazados,

Sólo tú y yo existimos,
en este instante sin fin
en este momento,
todo se desvanece
todo queda atrás,
y sólo importa esto,
tu arribo, entre mis piernas.

Amante

Eres la silueta

que pasea por mis sueños

esos húmedos

que entran en mi piel

así, como ladrón en la noche

que veo después de robarle

el frio a mi piel

camina, fuerte y erguida

esa silueta con hueco en el pecho

toda resistente, y toda frágil

Penumbra no eres

porque puedo distinguir en cada curva

sin palabras

sin títulos

sin rodeos

pero en silencio

cada línea

tú, silueta mía,

pero no tan mía

Marisol Ojeda Rosado

A las ex-amantes

Bendita sean cada una de ustedes
que coincidieron con su boca
fueron maestra de este mancebo mío

Soy recipiente de todo lo aprendido

De cada atención,
de cada toque,
de cada roce,
de cada mordida
de cada "mojada"
provocada con la lección
que el repasa en mi

Bendita sean, esas,
que educaron a este casi algo mío
a cuando seguir,
a cuando parar,
a cuando besar,
y a cuando posarse en mí

Bendita sean, las anteriores de este amante mío.

Atardeceres con olor a tí

Entre el mar y el sol
puedo imaginar, tu piel canela debajo de mi falda
tu aliento en mi cuello
y tu perfume enredado en mi pelo

Imagino tus dedos
acariciando mis labios
tu pecho pegado al mío
respirando fuerte
suspirando mi nombre

Tu lengua en mi boca
explorando mi sentir,
tragando quien soy

Ahora, soy tu anhelo
ese empeño que te quita el sueño
la mujer que dirige tus manos
y sacia tus ganas

Y tú, el manso que no renuncia.

Besos de cristal

Son esos dados por un militar
antes de irse a guerra
son los entregados por mi soldado
al llegar a casa
son esos besos frágiles
fríos
guardados

Besos de cristal,
esos forjados por un esposo
compartido entre amantes
besos entre muchos
multiplicados
entre destellos de luces
entre barracas y montes

Besos de cristal,
prohibidos
plenos de traición
cristales como esos que llegan
a la orillar del mar.

Besos que se rompen en mil pedazos
dónde ellos se reflejan.

Buen día amor mío

No tenía mucho que ofrecerte.
sólo un par de alas rotas,
un espacio en mi pecho,
y un café negro, sin azúcar.

Calladamente

Te voy a extrañar

pero esta vez, desde el amor, y no desde el coraje

te extrañaré desde la complacencia,

de que fuimos uno, aunque fuera por un momento

te extrañaré, pero desde el recuerdo,

y cuando quiera verte, cerrare los ojos

y te abrazaré,

me acostaré en tu pecho,

y podré decirte todo lo que callé,

pero sólo desde lejos

Sólo entre ella y yo

Y aunque suene a sufrimiento, ese recuerdo tendrá sabor a gemidos

Cama para tres

Ella, tan blanca como la nieve
él, un mulato de ojos verdes
yo, andando perdida
entre sus cuerpos
tratando de respirar
en los besos inagotables
sus manos fuertes y débiles
asociadas entre mis senos
y mi vagina.

Entrelazados sin saciar

el
   sin rumbo entre dos mujeres
ella
   envuelta entre mis piernas
su piel era suave y dulce
sus senos
de copos rosados
sus dedos fríos
me hacían temblar
y viajar con los ojos abiertos
hasta hacerme llegar una y otra vez

mientras él?!
como buen semental
creo su propio cauce.

Carta a mí casi algo, que se ha convertido en mí casi todo

Quiero que sepas que te quiero, sí, mucho. Pero no te asustes, es de manera libre. Aún no sé qué lugar ocupo, aún yo sabiendo tú espacio en mí. Es uno que sólo te pertenece. Ahí te tengo guardado, sin manchas y sin arrugas. Te tengo en un lugar diseñado con mente, y no con el corazón (los corazones traicionan). Ese aposento está hecho con lazos de sabiduría y amarrado con nudos sueltos.

Ahora eso sí, como no conozco que ocupo yo en ti, quiero dejarte saber que, si algún día me alejo, es porque quiero que permanezcas sin dolor y sin rencores. Que permanezcas en mí, aunque estes lejos.

Mis latidos callados, saben que te llevo como una huella perenne que el destino mismo plasmo en mi piel.

Gracias por existir, por creer en mí. Por tus sonrisas y carcajadas. Me llevas a lugares cósmicos, llenos de luz.

Sólo te pido la gentileza de bajarme a la tierra, si sólo me vas a tener en tu madriguera

Como algo exclusivamente tuyo
Marisol

Carta a mí fantasía hecha realidad

Juguemos me dice, llega a la barra y te encuentro ahí.

Me visto de bustier y falda, una con un tajo al lado de mi muslo derecho. Maquillada suavemente, pero con lápiz labial rojo. Mi intención fue siempre dejar mi marca en la copa del Martini.

El, llega de la mano con la rubia que será parte de nuestras sombras. Se sientan a distancia y ahí empieza todo lo que habíamos hablado.

Ella vestida en cuero, cada curva la podía apreciar desde mi silla. Mi boca se hizo agua de sólo pensar en donde la tendría. Realmente él se disipo entre mis ansias de tenerla.

Camina hacia mí, noto como mi espalda se entera y mi entrepierna se va abriendo, así como para recibirla. Se desliza a mi oído y me dice "te llevo". Su cola dorada toca mi cara y su olor dulce hace que me moje. Sólo pude decirle espera, ella me dice no puedo. Pone su mano en donde termina mi escote, pude sentir su calor, ella mis latidos.

Se acerca el mesero, nos brinda dos copas. Mientras de lejos puedo sentir su mirada curiosa, una sonrisa malvada la cual no puede ocultar. Jamás el pensaría que siempre hablamos de nosotras y nunca de su hombría, simplemente no haría falta. Me anticipo y la beso, el se acerca y me dice "no es parte del convenio" Recuerdo levemente, el que hice con el de no besarla, pues el siempre supo que los de él no me bastaban. Secamente me alejo, camino y ella me sigue.

Fuimos dos, nunca tres

Con besos prohibidos

Mari

Carta a mi primer amante con experiencia

Ese que prometió unir cada uno de mis lunares hasta hacer de ellos una constelación. Llamarla por mi nombre, hacerme ver las estrellas siempre fue tu intención. ‹lo hiciste›

Fuiste mi primer amante con experiencia, el que robó mi inocencia. Aquel que me buscaba en moto y me llevaba a su mundo, ese lleno de cuentos, de manos rápidas, de ojos negros que robaron mi aliento debajo de las sábanas. Tu cuerpo tatuado por la experiencia y por los años que me llevabas, diez para ser exacta.

Mi primer amante. Lleno de labia y promesas. Tú, mucho más grande que yo, unos seis pies de altura. Yo sólo cien libras. Tú, de piel color oliva. Yo, con una tez más clara. Combinación perfecta en tu cama.

Gran juego el nuestro. Me enseñaste tanto. Hasta donde estaba ese punto que yo misma desconocía. Bendito tu colchón que recibió todo lo mío.

Con mano debajo de mi falda y yo con la mía en tu pantalón. Besos prohibidos en la casa abandonada. De rodillas delante de unas escaleras aprendí a ser sumisa. Besos en mis ojos no podían faltar. Despertaste mi espalda y mis senos. Mis sentidos.

Fui tú obsesión.

Con deseos de que la vida haya sanado la parte, que yo rompí,

Carta a mis desamores

Primeramente, gracias por haberme amado, por haber dejado espacios en mi cuerpo sin tocar y sin besar, por dejarme conservar lugares vírgenes, que hacen de mi existir uno lleno de posibilidades, en la esperanza de las esquinas que dejaron sin explorar.

Gracias por haberme dejado bailando sola y en esos pasos, conocer mi propio ser. Ahora entiendo por qué mi cuerpo se humedecía más, por mis propias manos, que por sus bocas frías.

A mis desamores, gracias por no saciar mi alma, pues no era de ustedes, si no mía. Porque ahora entiendo que se ama desde la libertad y no desde el apego. Entendí que soy un jardín y ustedes seguían insistiendo en regalarme flores.

Gracias por soltarme a tiempo, y no dejarlo para después. Hoy me hacen entender cada minuto entregado por mí, y cada segundo desperdiciado por ustedes. Gracias por el desamor que me ha llevado a mi propio amor, a mi certeza, mi dureza y a mi debilidad.

Ya solté, ¡estoy en paz!

Con gratitud eterna, a ustedes, los desamores

Mari

Carta a quien rompió mi alma

Esta será más corta en letras que las anteriores, aunque es la más larga de mi vida.

Primero que todo, gracias por existir y por haberme permitido ser más grande que tú. Nada me gustaría más que poder escribir en gran detalle nuestra historia. Fue una hermosa. Dicen que, en el amor, siempre uno quiere más que el otro, dicen también que el que más quiere es el que más sufre. Sin duda alguna hubiese vivido la vida queriéndote más y sufriéndote menos, y sin haber vivido la traición que robó mi calma.

Yo simplemente llegue a tu vida para enseñarte lo que es el amor incondicional, y tú llegaste a la mía para que yo aprendiera lo que es amor propio, gracias, porque hoy vivo esclava de mi libertad, esta, la que no permitirá jamás que alguien tenga por asignación, hacerme feliz.

Sin un detalle más, y no dañar la narrativa que creaste para poder usarla como almohada a la hora de dormir. Me voy despidiendo, pero antes te digo, que no te llevo, ni en mi tiempo, ni en mi agenda, ni en mi cuerpo. Hace tiempo te solté, así, como el pez soltó a Jonás.

Cosecha con respeto, a nuestras dos consecuencias

Hoy doy gracias a la vida y a la chica que te llevo, pero no te tuvo

Carta azul

Entré y te vi sentado mojando tu boca con una cerveza, tal vez para bajar el nervio o sólo por matar el tiempo mientras me esperabas. Recuerdo detalladamente tu primera sonrisa, tu abrazo fuerte y extenso. Te dije inmediatamente que tenía un poco de susto y tú no me negaste el tuyo.

Tocabas mi mano mientras hablábamos, así como para hacerme sentir segura, y lo lograste, quede fascinada con las líneas en tu rostro tan varonil, la curva de tu boca,
la cual imaginé rosando la mía
la imaginé, un poco más abajo de mi ombligo
la imaginé explorando mi cuello y mi espalda.

La conversación que tuvimos los primeros diez minutos no la recuerdo, permanecí estudiando tus gestos, tus ojos y tu eterno coqueteo.

Tan seguro, tan fuerte permanece tu esencia. Tu mente tan extensa a embriagado la mía.
Han pasado los días, los meses y el tiempo no es amigo mío. Siento que tú creces en mi como la espuma provocada por el vaivén del mar. Mientras yo me disipo y enmudezco mi sentir. Voy desapareciendo entre el lápiz y el papel, entre días ocupados y otros tal vez no tan ajetreados. Tú tan presente, desde que levanto mi oración en gratitud hasta que me rindo ante la vida. Yo tan ausente en tu mente. Quisiera tener tu control y así no desvanecer delante de esta loca idea de permanecer aún sin ser querida.

Con todo,
Marisol

Como hacerlo

Hazlo como una mujer lo haría
de manera sutil
saboréala
con labios y con lengua

Suspira, déjame escuchar
mi nombre
bésame suave, pero fuerte
déjame perderme entre tus dedos

Hazlo como una mujer lo haría
lento
con cuidado
respirando

Baja por mi espalda
sube por la misma
descansa en el hueco que llevo
entre mi hombro y mi cuello

Hazlo como una mujer lo haría
compartiendo el seno conmigo
déjate llevar por la naturaleza
de mi vaivén

Que mi ombligo sea el destino
de tu lengua y el punto de partida
a ese lugar que espera con ansias
tu aliento
termina como hombre,
fuerte

regálame

la secreción que me deja gimiendo

mientras abrazo la almohada

Marisol Ojeda Rosado

Concupiscencia

Esto es tan sensual,
tan intimo
que no sé, si mi boca
saborea tu piel o la mía

Es tan prodigioso,
que no sé si es mi cause o el tuyo
que siento en mi mano

Sólo sé, que a veces me sabe a infierno,
y otras,
ay! Otras veces
es la salvación
que necesita esta amante
en la perdición del gusto

Es la fusión
entre estos dos transgresores,
andantes de cama que pelean
por la liquidez
que provoca la constante colisión

Si me salvo o pierdo
no me importa
sólo déjame morderte
besarte, apretarte, chuparte

los días, de cada semana

Cuéntale

Háblale de mi

razona con el

dile que yo también

he tenido que platicar con el mío

cuéntale, cuánto te alegran mis besos

hazle saber que lo he sentido en mi pecho

cuéntale lo pequeña que me hago dentro de tus brazos

dile que si quiere abrirse

el mío entrará y

jamás sabremos

a quien le pertenece, el latir.

Domingo

Me levante con ganas de ti
de esas que consumen la piel
que confunden el alma
ese olor que llega de madrugada
ese frío que corre por mi espalda

Silencio al que me acojo
por no romper
con esa línea imaginaria
que trazamos

Dime si te causo ese sentir
si no, déjame ir,
pero hazlo tú
por qué a mí, me temblaría la garganta

En la oscuridad de estas letras

Que lindo es escribirte
dejarte aquí
tan seguro en este papel
vaciarme y decirte
cuanto me gustas
pero sólo aquí
en la oscuridad de estas letras.

Esa piel, no sé
tal vez tan conocida
o tan nueva
al menos, para mí lo es
tal vez tan insaciable
o tan mía
aunque sea, por sólo un roce
ese que eriza mi piel
ese que moja mi entrepierna
ese que me lleva
al mismo infierno
y me sube al cielo
cuando me penetra
ese del cual no puedo hablar
y sólo gemir
estremecerme
apretarme los senos
pedir que te vacíes en mi

Jamás entenderás
no estás en mi sintonía
no bailamos al mismo son

por tanto
tengo que dejarte aquí
en este papel
y sus silencios.

Embriague

Bendito sea el vino

que moja sus labios

el whisky

que embriaga su garganta

el humo del cigarro, que manosea su jeta

venerada sería la vida

sí me dejara seguir degustando

gran orgiástica mezcla, que lleva su boca

me fascina coincidir

entre el humo y mi lengua

entre sus sábanas y mi piel

entre las manos, que manejan mis caderas

esas, que me llevan a la extrema humedad

o cuando entra y sale, alguna parte de él

sí, vida bella

su boca, me embriaga de éxtasis

Marisol Ojeda Rosado

En tí desaparezco

Sé, que sientes
cómo me hundo en tu pecho
y naufrago en tus manos

sé, que sabes que me pierdo, en
tus besos
Sé, que sabes cómo me disipo,
ante tu proposición
de que entre, y permanezca ahí
mientras todo
convulsiona,
vibra
calla
y cede

para encontrarme de nuevo

Entremedio

Escribo aquí
desde el primer abrazo en ropa
hasta como desperté, la mañana siguiente
el cómo desnudaste mi piel
hasta que me vistes
con tu camisa azul
ese tono que grita hecho.

Pero versemos de ese entremedio
que existe entre el saludo y la despedida
ahí vivo, un mundo de múltiples orgasmos
de besos en mis pechos
de caricias en mi espalda,
ay! mis caderas,
que llegan al infinito
con cada movimiento
el cual te invita, a no detenerte

Mi cuerpo se convierte
en un recipiente, de todo el deseo que llevas dentro
hasta morir contigo entre mis piernas
y mis pechos, se convierten en el descanso del tuyo

Me abrazas,
me haces parte de ti
mi espíritu te come a besos,
mi cuerpo está vencido
solo quedan brasas
de los gemidos infernales

Espejo

Eres hermosa, aun sin arreglarte

te vez tan feliz cuando sonríes

me gustas cuando te paras frente a mi

y nos contemplamos fijamente

me gusta ver en tus ojos, paz

vibras

eres más que este reflejo

eres infrecuente,

impagable,

insuperable

Sobre todo, eres la mujer que quiero ser

Esperando

Que llegue el cabrón que me toca,

ese, que no sabe lo que quiere,

el indeciso,

el que no aspira nada con nadie

hasta nuestra primera cita

que sus labios, se sacien con mis senos

y sus manos, encuentren agua en mi entrepierna

que ame mis conversaciones poco cuerdas

y entienda cada rizo en mi cabeza

que mis carcajadas, caven alegría en su pecho,

aún sin entender el motivo de las mismas

Que llegue, el cabrón que me toca

ese, que comiendo nuestro primer desayuno, encuentre ambas bocas,

me sostenga y me diga

te esperé, en silencio

estuve entre camas, aprendiendo

para ser el primero, en satisfacer tus gemidos

Marisol Ojeda Rosado

Extranjeros

Me haces llegar un pisco
escribes BONITA, en la servilleta
te miro de lejos,
levanto mi copa, en agradecimiento

Te vas acercando
mi corazón se acelera
tomas la butaca,
la acercas
puedo distinguir
el olor de tu perfume,
tu aliento tibio,
me embriaga

Besas mi mano
me llenas de elogios
unos cursis, otros menos
dices tu nombre,
un poco inaudible
para mis sentidos
pues me ha capturado tu sonrisa
ya no escucho,
sólo siento
me sonrojo delante de mis propias fantasías

Por un momento eterno,
me miras,
y acomodas mi pelo
detrás de la oreja
Convulsiona mi centro
mi espalda se endereza

y con mi garganta seca te digo

vamos, estoy cerca

a una cuadra o dos

no se

Salimos antes de que pudiese

razonar

Presionas mi espalda

sobre el muro de piedra

y yo cedo

tu mano corre debajo de mi falda

mientras llenas tu boca con mis labios

anticipo mi venida

me lleno de ti

Marisol Ojeda Rosado

Ganas de tí

Tengo ganas de echarme a joder
de quererte
y celarte

Me tiento a invitarte a ser mío
ganas de no compartir mi cama
ni con él, ni con ella
de ahogarme en la posibilidad de tenerte

Cerrar mi WhatsApp
y no volver a contestar, una propuesta indecorosa
jamás subir una historia, que no sea la nuestra

Por ti
tengo ganas de echarme a joder
de perderme
hundirme

Lo que falta entender,

es, que no está en mis ganas, si no en las tuyas

Mi hilo rojo

Anda de paseo por el mundo
se encuentra aprendiendo,
para no lastimarme

Anda sanando sólo
manifestando a favor
del que, a un no tiene nombre, ni color
pero si magia, de esa que se hace sentir
cuando estoy sola
pudiese dibujar cada parte de ti, con mi dedo
y besar tus ojos, hasta que los abras

Mi hilo rojo, mi llama gemela
sabe tu bella leyenda
más de lo que cree el ángel lunático,
ese que dispara flechas de mentira

con él, puedo imaginar la sonrisa tuya, al reconocer la mía
puedo sentir ese abrazo que apacigua
la ansiedad de tu espera

llega, has que mi alma reconozca la tuya
y así, podré descansar, en la paz del tuyo

Marisol Ojeda Rosado

¿Dónde estás?

Imagino un amor
que lo apueste todo por mi
que sus ojos, me hagan ver galaxias
y comprenda que fundirse en mí,
es más importante que tener amores a media
y perciba que el fondo de mi manantial,
es más saciable, que un sin número de orillas de mar

Imagino un amor
que prefiera sudar a mi lado,
a vivir mil inviernos, en camas ajenas
que ver juntos cada fase lunar,
es más increíble, que ver estrellas fugaces

(La luna es una)

Imagino un amor que robe besos y no tiempo
un amor que sea contable, y sume
un amor que abrace
que aguante
que levante
que construya
un amor así, como el tuyo, es posible

¿Dónde estás?

Me enamore por un instante

Por allá, en el Valle Sagrado

en cada escalón

terraza,

corría a rescatarme

con su brío,

no se si me vio tan frágil

o si fue su hombría

que no dejo de olerme

Me levantaba tan fácil

como el peso de una pluma

sus manos dirigiendo

sutilmente mi cintura

su voz como el canto

del ruiseñor

llevaba el tiempo marcado

en su frente

Yo escuchaba su mente,

mientras su mirada

traspasa mi chaqueta

el viento fuerte

corría por su pelo

y yo con celos

que no eran mis dedos

Llega el momento de irme

me camina a mi hostal

se despide, y me dice

yo puedo ser tú oro,

tú mi plata

puedo ser tu ofrenda,
tú mi honra

Dos besos para la fortuna
y un abrazo que dejara
marcado mi olor
en su piel

Me enamore por un momento
desde la silla 33 G

Me levante perdida

con ganas de besarte,

ser esa enredadera que cubre tu cuerpo

pero aquí estoy, en mi cama

extrañando

suspirando,

y pensando ...

me levanté con deseos de tocarte

acariciar tu pelo

mirarte a los ojos

y robarte

para llevarte a este espacio

que ocupas sin permiso, desde que llegaste

Este pensar, es como si me embriagaras la piel,

y quisiera dejar entrar,

todo lo que me das en la boca, por la entrepierna.

Marisol Ojeda Rosado

Me llevo

Esas mordidas en mi espalda
cuando estoy sin ropa
cada suspiro,
y cada gemido
llevo también tus medidas
en la punta de mis dedos
que pudiese ser sastre
que viste tu templo

Me quedo con tu esencia,
tu sonrisa y tu mirada,
ay! esa mirada,
que desnuda
mis hombros
hasta ver caer
mi traje azul al piso

Me quedo con el último beso,
y ese mañanero que hace de la despedida una más fácil,
me llevo tú simiente conmigo,
tu olor,
y tu calor

Te llevo

No existió

¿Qué tal si dejo que ocupe un espacio?
¡y si expongo mi grandor!
pregunta mi corazón
así, presento mi miedo al rechazo,
pues salgo caminando
o tal vez corriendo, le contesto

Qué tal si ya es, como dice el gringo,
"5'o'clock somewhere",
ya todo se vale
ya es lícito
ya puedo descontar el tiempo
transcurrido que exige, no se quien
ese, vestido de luto, gestado a causa de un plural fracaso,
que se vio venir,
pero, aun así, tuve que esperar para que la sociedad lo soltara
mierda de reglas, que sólo hacen perder, otros momentos

De repente, con frío en mi piel
me cuestiono
¿y si yo le quedo pequeña al vacío que dejaron en su pecho?
mejor no le digo,
mejor no ocupo,
ni dejo que ocupen,
y así, como si nunca hubiera existido

No sé, ní que fuíste

Te quise
sé que quise que fueses
sé que me lance de pecho
para que fuéramos mejor

Lo que no se es,
si te quería cambiar por ti
o quería cambiarte por mí
al fin, ninguna de mis fantasías
fueron cumplidas

Mi agenda se cansó
de hacer cambios
de los borrones y cuentas nuevas
de llenar páginas en blanco
por las citas canceladas

Ahora, sólo te quiero lejos
con tus recuerdos
con tu piel
tus respiros

Ahora, mis gemidos, los suelto con amor

Ocupas más que un día

Contigo, todo lo hago sobria
y termino embriagada
con deseos de un cigarrillo,
un buen "shot" de tequila
un suspiro en silencio
termino con sabor a mí, después del beso que culminó,
con el ritmo de mis caderas

Me despido en la madrugada ajorada
con ganas de amarrarme
a tu cuello, mirarte
hablar a tu oído
y decirte lo mucho que...

mejor callo
y suspiro

me mantengo reposada
ocupando mis días con nada
contestando mensajes cortos, con ganas de hablarte de mí día,
y la vida
con ganas de ocupar tu mente
y tal vez tu cuerpo
invitarte a una copa
una noche de plática
y luego recuerdo, que sólo soy
ese algo,
con ganas de serlo todo

Pasado

No repito cuerpos expirados, ni mentes huecas
así como el agua qué pasa, por debajo del puente
el viento que trae la ola
y se lleva la huella dejada en la arena
como la hora en mi reloj de bolsillo,
que no repite el minuto pasado
así como la pluma que cae de un pájaro herido
fuiste espuma que disipa
las cenizas que se llevó la lluvia de enero

Deje atrás tus pisadas
esas que sólo tocaron
la superficie de mi ser
con unas manos faltas, de calor

Pastoreando entre siervas confundidas

Intente tantas veces quererte
pero donde manda el corazón
la piel disfruta
y el alma sufre

Fuiste quien más navegó por mi cuerpo
y lo ahogaste, entre tus mentiras

Hablabas de tu llamado,
y del mío
quise creer que eras el enviado
por alguien que sabía
más que nosotros, te puso en otro mar

Tu lengua hablaba de santidad, mientras quemabas mis entrañas
seducías mis senos
con tu calor
y tus dedos
estremecían mi vagina
hacían de todo un vapor inevitable

jurando yo, que era misericordia
gracia y favor
tú, viviendo de mi vacío
y de mis promesas

Sacarte, fue un delirio
una guerra, entre el infierno y el cielo
de días sin tregua
en una culpa de piel sedienta,

cargada de miedo, en perder ese santo que lamía mis ganas

hasta voltearme, para introducir su más grande ofrenda,

el pene,

ese, que por un momento

me llevó a los atrios

del mismo purgatorio

Secuelas

Recuerdo
que mi piel te castigaba
mi lengua te era una condena
detrás de cada beso
mi roce hostigaba tu piel
te dejaba sin aliento con cada
"me voy"

debí amarte,
mi parce

gracias por mi hija
con amor eterno

Sentír

Una mujer,
necesita sentir que todo, se estremece en su cuerpo,
y no por cantazos, pero si, por el recorrido de las manos
de un hombre experimentado
cuando suspira en su cuello,
por una lengua corriendo,
por sus piernas
por unos dedos rosados por la espalda

Somos una hoja musical
no un vaso de depósito de semen-tales
somos sensuales
mucho antes de llegar a la cama
somos un oído,
una mirada,
una llamada
somos el tic tac del tiempo

El pibe, a las inseguras
a mí!, me dejan
con los de canas en su barba
con el de manos, marcadas por el tiempo
el de mirada vivida
y besos tibios en la madrugada

Sin prudencia alguna

Cargo medio siglo

en ellos, manos con mañas, y otras sin ruta alguna

hombres con corto millaje, no están en mi calendario

no estoy para enseñar

mucho menos para fingir

tampoco estoy para pausar, en medio de mi venir

A este camino

has llegado tarde

ni con tu conocimiento adquirido,

podrías conquistar un cuerpo como el mío,

lleno de estrías, y una boca, de gemir estruendoso

y unos labios, que no tienen prudencia

Soy puta

Eres puta

mientras estás sola, viviendo tu vida como te da la gana

las pulgadas, aparentan estar a favor del macho

que anda mojándolo en cada vagina

pero es puta, si lo hace ella, o yo

Eres puta

cuando decides ponerte bonita,

después de un atraco a pene armado

pero el, el sí puede correr puteros, y gastar su último dólar, en cada panty

pero yo no, yo soy puta si almuerzo con uno, y ceno con otro

soy puta si enseño algo de mi piel,

o camino, por ciudad alguna de bustier

No me importa, soy puta

aún más puta, cuando caigo en la lengua de una mujer,

llena de envidias y celos

o paso de manera mental, por el pene de un hombre,

que nunca me ha tocado

Te convertiste en mi color favorito, azul

Bajo un cielo inmenso,
brillante e iluminado,
llegaste a mi juego,
que, de pensarlo, me acelera el ritmo.

Hiciste que creyera, con ese torso atrevido,
que entre beats y rimas, aún hay un latido.

En tus sábanas deslizo, mis piernas de lado a lado
con tu camisa azul encendida,
whisky en mano, nos llevan la vida, y las palabras.

Humo del cigarro, la escena contrasta,
eres mi paz, cuando la noche se basta.

Secretos guardados, en el ruido de tu pecho,
donde los gemidos y la pasión, hacen el trecho.

Nos perdemos en el ritmo, sin frenos, sin temores,
haciendo el amor, desatamos colores.

Saliendo de infiernos, con el corazón en la mano,
busco en tus versos, besos que son fuego, cadencia que no cesa,
entrepiernas y hombría, tu ritmo me halaga.

Ese fluir intenso, lenguas que deslizan,
en esta pista de deseo,
nuestras almas se matizan.

Tú y yo en la habitación, entramos en acción,
verso tras verso, somos la definición
 de pasión poética

Uno...

Entre tantos
pero sólo de uno,
aunque es casi aflictivo

entre tantos
aunque es, sólo el, a veces

Entre detalles,
de rosas,
vinos,
almuerzos y café
entre muchos, aun así, no es la atención,
ni falta de la misma
tampoco la escasez de piropos
o de los besos casi robados
sin saber en qué piso ando

Entre tantos
los mensajes llenos de cortejo
de miradas atrevidas
e invitaciones provocadoras

Pero cada mañana
mi corazón y mi meollo intercambian un sentir
como hace tiempo no lo hacían
o tal vez, no se hablaban
ahora, provocan un acuerdo,
y ya, no es entre tantos
ahora, es entre él y yo

Valga mi confusión

Soy,

de las que confunden

los focos de las calles

con estrellas

el cantar de un pájaro

con el de una sirena

el caer de la lluvia

con la hora de bailar

su respirar con suspiros

y su mirada, con lujuria

Y me hablo a mí misma

Hay gente que muere en tu vida, aun estando viva
es, el duelo más grande que puedas pasar

La oportunidad, y la decisión de verlos,
aún existe
están aquí, aunque no me respiren en el cuello
pero levantarte,
y decirle a tu corazón,
que lo más que desea, no se va a lograr,
lo desangra

Volar del lugar, donde quieres permanecer
es lo más difícil que harás
pero el acto de amor propio, más grande que puedas hacer

Vete
y déjalos, que se hagan cenizas, en el infierno

Todo corre en Pórticos

Me siento en mi lugar favorito,
pido un almuerzo, una copa de vino,
repaso mi noche y mis días,
son más de 1606
las conversaciones que corren por mi mente
he intentado mil veces,
hallar el valor, las palabras y razones,
para enfrentar estas emociones.

"Cada vez que digo, ¿te puedo decir algo?
me pierdo en lo trivial,
y mi verdad queda abajo.

Quisiera romper el silencio,
y el muro que construí,
pero me callo,
finjo que no existes,
que no ocupas mi mente,
pero eres constante eco,
resonancia persistente,
siempre desviando el tema,
ocultando lo real

Deseo decirte lo que siento,
sin temor, sin un final,
te he dado medias verdades,
sombras de mi confesión,
pero anhelo un día liberar mi corazón,
sin omisión,
Por ahora, tomo un sorbo de vino, mi garganta está seca

Marisol Ojeda Rosado

Otoño, no es amigo de mi cielo

Te convertirte en la salida al mar
de este río en llantos
que llevaba reprimido
en mi garganta

Me hiciste creer que aún,
saliendo quemada
de todos los infiernos vividos
podía sanar, en el desamor

Me diste la bienvenida
en tu cama
ahí, lamiste heridas
que no urdiste

Bajo tus manos revoqué
contratos de almas
atadas a mi piel,

Me ayudaste a construir
un puente de admisión
que solo yo puedo cruzar

Aprendí,
después de tantos años
que puedo levantar mi voz,
terminar sin miedo alguno, y dejar caer las épocas
como las hojas, en otoño

Intenté vivir en tu piel,
como vives en la mía
llenar tu vida de besos,

y tú, la mía de abrazos

Me toca despedirme,
llevarme con mucho cuidado
lo que armabas en cada encuentro
asegurarte en un lugar, que solo yo, pueda tocarte,
quedarme con lo aprendido

Antes de irme
déjame susurrar
este poema en tu oído
asegurarte que el calor, que dejaste con tu lengua en mi vagina,
jamás será extinguido

Que me levantaré de madrugada, con tu cuerpo encima del mío
pidiendo una penetración más,
una venida más,
como esas que dejabas
en tu colchón

Soñaré que mis senos
descansan en tu boca,
mientras tu pene crece en la mía

serás, mi perenne primavera

Epílogo

El suspiro final de este poemario, es un peregrinaje por cincuenta infiernos...
donde recogí cenizas de amores y desamores,
de amantes que fueron fuego, y otros, que solo dejaron hielo.

Cada experiencia, es una confesión grabada en el lecho de mi alma,
cada noche compartida, un capítulo de aprendizaje y vacío.

En cada despedida, el eco de un corazón que aún palpita,
a pesar de estar marcado por la ausencia.

A través de estas páginas, me desnudé sin reservas,
compartiendo cada herida, cada caricia, cada traición.

Soy una romántica, quemada en el crisol del desengaño,
pero, aun así, sigo en la incansable búsqueda de un genuino amor.

Este poemario es un mosaico de mi ser,
donde cada poema es una verdad desnuda,
un grito en el silencio de la noche,
una confesión de mis profundos deseos y los miedos que permanecen en la oscuridad.

A pesar de haber caminado por senderos tortuosos,
donde las mentiras y las traiciones eran sombras constantes,
mi espíritu se mantiene inquebrantable,
alimentado por la esperanza de un cielo azul, tras la tormenta.

Con estas confesiones, busco no solo sanar mis propias heridas,
es también, ofrecer una luz a quienes leen mis palabras.

Biografía – Autora

Marisol Ojeda Rosado, Natural de la ciudad de San Germán, Puerto Rico, a sus 50 años, es un ejemplo vibrante de resiliencia, adaptabilidad y pasión por la vida. Ha tejido una historia personal rica en experiencias y aprendizajes.

Desde sus inicios, ha mostrado una inclinación por el conocimiento y la comprensión del mundo que la rodea. Esto la llevó a sumergirse en estudios tan diversos como ciencias políticas, terapia física, medicina holística y artes culinarias. Cada uno de estos campos no solo enriqueció su intelecto, sino que también moldeó su visión del mundo y su enfoque espiritual hacia la vida.

Después de vivir 10 años en Estados Unidos, se embarcó durante trece años, cómo esposa de un militar. Esta nueva etapa la llevó a moverse con frecuencia, estas reubicaciones y los viajes por Europa abrieron un vasto horizonte de culturas, historias y tradiciones, expandiendo su conocimiento y curiosidad.

Después de 32 años en Estados Unidos, Marisol regresó a Puerto Rico, donde una nueva fase de su vida comenzó a desplegarse. En el confort de su tierra natal, redescubrió su amor por la escritura, reavivando una pasión que había permanecido latente. La escritura se convirtió en su refugio y en su voz, permitiéndole explorar y expresar sus pensamientos y experiencias más íntimas.

A través de sus escritos, profundiza en temas como el amor, el desamor y la sexualidad, abordándolos con una honestidad y una sensibilidad que resuena en muchos lectores. Su obra es especialmente significativa para las mujeres, ya que se ha convertido en una voz para aquellas que se sienten oprimidas, buscando empoderarlas y dar luz a sus experiencias.

Como madre de dos hijos, Pamela y Eduardo, ha equilibrado su vida personal y profesional, demostrando que es posible perseguir pasiones personales mientras se cría y se le da dirección a la siguiente generación. Su vida, marcada por el cambio, la adaptabilidad y el aprendizaje continuo, es una inspiración para aquellos que buscan encontrar su propia voz en medio de las diversas etapas de la vida.

Marisol Ojeda Rosado es, en esencia, un viaje de autodescubrimiento, expresión y conexión humana, iluminando el camino para quienes buscan vivir una vida llena de propósito y pasión.

Nota

Made in United States
Orlando, FL
19 January 2024